Yavru Fare

Impressum:

© 2022 Ümit Elveren

Herstellung und Verlag:

BoD – Books on Demand, Norderstedt

ISBN: 9783755793335

Geceleri insanlar uyurken, baba fare ve anne fare, fare çocuna, yemek ziyafeti ararlarmış ...

Korkan ve titriyen, yavru fare, baba fare'nin ve anne fare'nin, gece işinden eve dönmelerini beklermiş...

Ama kimse gelmeyince, yavru fare, uzun ve endişeli bir bekleyişten sonra, tüm cesaretini toplayıp, fare evinden kaçmış . . .

Yavru fare, korkusuz uzun ve karanlık koridorda cikmiş . . .

Anneyi ve babayi bulmak için, uzun ve sivri burnuyla karanlık koridor zeminine bastırıp koklamiş..put.. put...

Husch, dört büyük masa kirişini geçerek ve bir fare zıplamayla, tüylü uyuyan kedinin üzerinden atlayıp toz olmuş, yavru fare...

Aniden karanlık`da gitmiş.
Yukarıdaki büyük duvarda
küçük bir ışık, kabarık ve
yumuşak yün halıya narin bir
parıltı attarken...

Yavru fare, korkusunu
unutup..uzun..uzun
yuvarlanıp üzerinde
oynamış `da oynamış, güzel,
güzel...

Zevkli, zevkli oynarken, onu birdenbire tatlı ve sürünen bir koku çevrelemiş. Tatlı fare boynunu gerip koklamaya başlamış...

Yumuşak ve kısa bip, bip, sesleri ile tatlı kokuların peşinden koşmuş. Bir parça peynir topaklarının önünde durana kadar...

Dikkatlice burnuyla yumruya dokunup ve ittemiş. Ama hareket etmeyince, fare çocuğu koşup üzerine atlamış...

Düşmemek için kuyruğuyla dengelenip üzerinde kalmış tökez, tökez. Aniden birkaç parça, küçük topak, yün halının üzerine düşerken...

Yavru fare dikkatlice aşağı inip..put..put, yün halının üzerinde oturup kuyruğunu kendine çekip, peynir kırıntısını güzelce kemirmiş...

Çıtır, çıtır, tatlı ve hoş
ziyafeti çektikten sonra, tüm
güçünlen önündeki peynir
kırıntısını uzun, sevimli
burunla, fare evine kadar
sürüklemiş . . .

Yorgun, yorgun, son gücünle peynir yumrusunu fare kapısından içeri ittemiş den sonra...

Yavaş ve sessizce..put..put uyuyan annesin`nin ve babasına`nin yanlarina girip, gözlerini kapatıp uykuya dalmadan önce, peynir topuna son bir bakışla uyumuş...